Une névrose démoniaque au XVIIe siècle

Sigmund Freud

© 2024 Culturea
Texte et illustration de couverture : © domaine public (open access licence CC0 1.0 universel)
Édition et mise en page : Culturea (Hérault, 34)
Retrouvez notre catalogue sur http://culturea.fr/
Contact : infos@culturea.fr
Imprimé en Allemagne par Books on Demand Gmbh
Design typographique et layout : Derek Murphy et Reedsy
ISBN : 9791043101199
Date de parution : Mai 2024
Ce livre :
— a été composé avec une police open source libre de droits dessinée sur Open Fondry
 https://open-foundry.com/
— est édité en libre access sous licence CC0 (Creative Commons Zero) afin de conserver l'oeuvre au
plus près des caractéristiques du domaine public.
— offre la possibilité à son lecteur de partager, dupliquer ou distribuer son contenu, sans restriction ni
réserve.
— permet de replanter un arbre. SHS Éditions soutient Plantons Pour l'Avenir, fonds de dotation pour le
reboisement des forêts françaises
400 projets de reboisement de forêts soutenus depuis 2014 à travers la France
https:/www.plantonspourlavenir.fr/

•••

Les traductrices se sont servies des textes contenus dans le Xᵉ volume des Gesammelte Schriften (Œuvres complètes) de Sigmund Freud, paru en 19211 à l' « Internationaler Psychoanalytischer Verlag », Leipzig, Vienne, Zurich.

Les traductions du Moïse de Michel-Ange, d'Une névrose démoniaque au XVIIᵉ siècle et du Thème des trois coffrets ont paru une première fois dans la Revue française de Psychanalyse (Paris, Doin, 1927, t. I, fasc. 1, 2 et 3).

Elles ont été ici reprises et revues.

Une névrose démoniaque au XVIIe siècle

[A paru d'abord dans Imago, t. IX (1923), fasc. 1 « Psychologie religieuse ».]

Nous avons vu, en étudiant les névroses de l'enfance, qu'on y découvre à l'œil nu bien des choses qui, plus tard, ne se révéleront plus qu'à une investigation approfondie. Nous pouvons nous attendre à faire une constatation analogue au sujet des maladies névrotiques des siècles passés, à condition d'être prêts à les reconnaître sous d'autres noms que nos névroses actuelles. Ne nous étonnons pas si les névroses de ces temps lointains se présentent sous un vêtement démonologique, tandis que celles de notre temps actuel, si peu psychologique, assument, déguisées en maladies organiques, une allure hypocondriaque. Plusieurs auteurs, Charcot en tête, ont, ainsi que l'on sait, discerné les manifestations de l'hystérie dans les représentations, que l'art nous a transmises, de possession démoniaque et d'extase ; il n'eût pas été difficile de découvrir, dans l'histoire de ces malades, le contenu de la névrose, pour peu qu'on y eût alors prêté plus d'attention.

La théorie démonologique de ces sombres temps avait raison contre toutes les interprétations somatiques de la période des « sciences exactes ». Les possessions répondent à nos névroses, que nous expliquons en faisant de nouveau appel à des forces psychiques. Pour nous les démons sont des désirs mauvais, réprouvés, découlant d'impulsions repoussées, refoulées. Nous écartons simplement la projection, que le Moyen Age avait faite, de ces créations psychiques dans le monde extérieur ; nous les laissons naître dans la vie intérieure des malades où elles résident.

I – L'histoire du peintre Christophe Haitzmann

Je dois à l'aimable intervention du docteur R. Payer-Thurn, conseiller aulique (Hofrat), directeur de la Bibliothèque autrefois impériale et royale des Fidéicommis à Vienne, d'avoir pu prendre connaissance d'une de ces névroses démonologiques au XVIIᵉ siècle. Payer-Thurn avait découvert dans la Bibliothèque un manuscrit provenant du pèlerinage de Mariazell, dans lequel se trouve rapportée en détail une miraculeuse délivrance d'un pacte avec le diable, accomplie par la grâce de la Sainte Vierge Marie. Son intérêt fut éveillé par le rapport qu'avait ce sujet avec la légende de Faust, ce qui l'engagea à exposer et travailler ce sujet à fond. Mais lorsqu'il découvrit que la personne dont le salut y est décrit souffrait de crises convulsives et de visions, il s'adressa à moi pour avoir un avis médical sur le cas. Nous sommes convenus de publier indépendamment et séparément nos travaux. Je lui exprime mes remerciements pour l'idée qu'il m'a donnée de ce travail, ainsi que pour l'aide qu'il m'a prêtée maintes fois dans l'étude du manuscrit.

Cette histoire démonologique d'un malade nous apporte vraiment un précieux fonds qui, sans beaucoup d'interprétation, s'offre en pleine clarté, de même que tel filon de mine à découvert livre en métal vierge ce qu'ailleurs on ne retire que péniblement du minerai par la fusion.

Le manuscrit, dont J'ai devant moi une copie exacte, se divise en deux parties absolument différentes : une relation rédigée en latin par l'écrivain ou compilateur monacal et un fragment du journal du patient écrit en allemand. La première partie contient l'avant-propos et la guérison miraculeuse proprement dite ; la deuxième n'apas pu avoir d'importance pour les gens d'Église elle n'en est que plus précieuse pour nous.

Elle contribue beaucoup à fortifier notre jugement encore hésitant sur ce cas de maladie, et nous sommes bien fondés à remercier ces religieux d'avoir conservé ce document, bien qu'il n'ait pu servir en rien leurs tendances, mais soit plutôt allé à l'encontre d'elles.

Avant de pénétrer plus avant dans l'étude de la petite brochure manuscrite intitulée : Trophaeum Mariano-Cellense, je dois raconter une partie de son contenu que j'emprunte à l'avant-propos.

Le 5 septembre 1677, le peintre bavarois Christophe Haitzmann fut amené avec une lettre d'introduction du curé de Pottenbrunn (Basse-Autriche) à Mariazell, tout près de là [L'âge du peintre n'a été indiqué nulle part. On peut supposer, d'après le contexte, que c'était un homme de 30 à 40 ans, probablement plus près de la limite inférieure. Il mourut, comme ou le verra, en 1700.]. Il avait séjourné plusieurs mois à Pottenbrunn, y exerçant son art, avait été saisi là-bas, le 29 août, dans l'église, de terribles convulsions et, lorsque les jours suivants celles-ci se renouvelèrent, le Praefectus Dominici Pottenbrunnensts, l'ayant examiné, lui avait demande ce qui le tourmentait, si peut-être il s'était laissé engager en un commerce défendu avec l'Esprit Malin

[Nous ne faisons qu'effleurer ici la possibilité que ces questions aient donné l'idée, « suggéré » au Patient le fantasme de son pacte avec le Diable.]. Là-dessus il avoua qu'en effet, il y avait neuf ans, à une époque de découragement relatif à son art et d'incertitude touchant sa propre subsistance, il avait cédé aux sollicitations du Diable, qui était venu neuf fois le tenter, et s'était engagé par écrit à lui appartenir corps et âme à l'expiration de ce temps.

Cette échéance approchait : c'était le 24 du mois courant [Quorum et finis 24 mensis hujus futurus appropinquat.]. Le malheureux se repentait et était persuadé que seule la grâce de la Mère de Dieu, de a Vierge de Mariazell, pourrait le sauver en forçant le Malin à lui rendre le pacte écrit par lui avec du sang. C'est pourquoi on se permettait de recommander à la bienveillance des bons pères de Mariazell miserum hunc hominem omni auxilio destitutum.

Voilà ce que dit le curé de Pottenbrunn, Leopoldus Braun, le 1er septembre 1677.

Je puis maintenant poursuivre l'analyse du manuscrit. Il se compose ainsi de trois parties :

1° D'un titre en couleur qui représente la scène du pacte et celle de la délivrance dans la chapelle de Mariazell ; sur la feuille suivante se trouvent, coloriés aussi, huit dessins des apparitions ultérieures du Diable avec de courtes notices en langue allemande. Ces images ne sont pas des originaux, mais des copies – de fidèles copies ainsi qu'il est solennellement assuré – d'après les peintures primitives de Chr. Haitzmann ;

2° Du Trophaeum Mariano-Cellense proprement dit (en latin), ouvrage d'un compilateur religieux qui, à la fin, signe P. A. E. et qui ajoute à ces lettres quatre lignes de vers contenant sa biographie. La conclusion comporte une attestation de l'abbé Kilian de Saint-

Lambert, du 12 septembre 1729, lequel, d'une écriture différente de celle du compilateur, confirme la parfaite concordance du manuscrit et des images avec les originaux conservés dans les archives. On ne dit pas en quelle année le Trophaeum lut composé. Nous sommes libres d'admettre qu'il le fut l'année même où l'abbé Kilian donna l'attestation, c'est-à-dire en 1729, ou bien, comme la dernière date mentionnée dans le texte est 1714, de situer le travail du compilateur à une époque quelconque entre 1714 et 1729.

Le miracle qui devait être préservé de l'oubli par cet écrit eut lieu en 1677, donc 37 à 52 années auparavant ;

3° Du journal du peintre rédigé en allemand, qui s'étend du moment de sa délivrance dans la chapelle jusqu'au 13 janvier de l'année suivante (1678). Il est intercalé dans le texte du Trophaeum peu avant la fin de celui-ci.

Deux écrits forment le fond du Trophaeum proprement dit : la lettre d'introduction, déjà mentionnée, du curé Léopold Braun de Pottenbrunn du 1er septembre 1677, et la relation de l'abbé Franciscus de Mariazell et Saint-Lambert, qui décrit la guérison miraculeuse, le 12 septembre 1677, datée par conséquent de peu de jours plus tard. Le rédacteur ou compilateur P. A. E. nous offre une introduction qui fond en quelque sorte les deux documents ; il y ajoute ensuite quelques paragraphes de liaison de peu d'importance, et, à la fin, une relation des aventures postérieures du peintre, d'après des informations recueillies en 1714 [Ceci confirmerait que le Trophaeum fut aussi rédigé en 1714.].

Les antécédents du peintre se trouvent ainsi relatés trois fois dans le Trophaeum.

1. Dans la lettre d'envoi du curé de Pottenbrunn.

2. Dans le rapport solennel de l'abbé Franciscus.

3. Dans l'introduction du rédacteur.

Il ressort de la comparaison de ces trois sources certains désaccords qu'il ne sera pas inutile de rechercher.

Je peux poursuivre à présent l'histoire du peintre. Après qu'il eut longtemps fait pénitence et prié à Mariazell, il obtint, le 8 septembre, fête de la Nativité de la Vierge, vers l'heure de minuit, du Diable, apparu dans la chapelle sainte sous la forme d'un dragon ailé, la restitution du pacte écrit avec du sang. Nous apprendrons plus tard, à notre grande surprise, que, dans l'histoire du peintre Chr. Haitzmann, il y a deux pactes avec le Diable : un premier, écrit à l'encre noire, et un autre, écrit avec du sang. Dans la scène de conjuration susmentionnée, il est question, ainsi que du reste le fait voir l'image du titre, du pacte écrit en lettres de sang, donc du pacte écrit en dernier.

Ici pourrait surgir en nous, sur la foi à accorder aux pieux rapporteurs, un doute nous avertissant de ne pas prodiguer notre peine sur un produit de la superstition monacale. Il est relaté que plusieurs ecclésiastiques, dont les noms sont donnés, ont prêté assistance tout le temps à l'exorcisé et qu'ils étaient aussi présents lors de l'apparition du Diable dans la chapelle. Si l'on devait prétendre qu'eux aussi ont vu le dragon diabolique lorsqu'il tendit au peintre le billet écrit en rouge (Schedam sibi porrigentem conspexisset), nous nous trouverions devant plusieurs hypothèses désagréables, dont celle d'une hallucination collective serait encore la moins gênante. Toutefois, le texte même de l'attestation dressée par l'abbé Franciscus met fin à ce doute. Il n'y est nullement soutenu que les prêtres assistants aient aussi aperçu le Diable, il y est honnêtement et simplement dit que le peintre s'arracha subitement des mains des prêtres qui le tenaient pour se précipiter vers le coin de la chapelle où il vit l'apparition et qu'ensuite il revint le billet à la main [... ipsumque Daemomem ad Aram Sac. Cellae per fenestrellam in cornu Epistolae Schedam sibi].

Le miracle était grand, le triomphe de la Sainte Mère de Dieu sur Satan indubitable, mais la guérison ne fut malheureusement pas durable. Qu'il soit bien mis en parrigentem compexisset eo advolans e Religiosorum manibus, qui eum tenebant, ipsam Schedam ad manum obtinuit... évidence, une fois encore, à l'honneur des prêtres, qu'ils n'ont pas passé ce fait sous silence. Le peintre quitta Mariazell peu de temps après, en très bon état et se rendit à Vienne où il demeura chez une sœur mariée. C'est là que se produisirent, le Il octobre, de nouvelles crises, la plupart très graves, dont le journal rend compte jusqu'au 13 janvier. C'étaient des visions, des absences, pendant lesquelles le malade éprouvait et voyait les choses les plus diverses, des états convulsifs accompagnés des sensations les plus douloureuses, une fois un état de paralysie des jambes et ainsi de suite. Cette fois pourtant, ce n'était pas le Diable qui le visitait, c'étaient de saints personnages, le Christ, la Sainte Vierge elle-même. Chose étrange, il ne souffrait pas moins sous l'influence de ces saintes apparitions, et de par les punitions qu'elles lui infligeaient, qu'autrefois dans ses rapports avec le Diable. Dans son journal, il embrasse même ces nouveaux événements sous la rubrique d'apparitions du Diable et il se plaignit de « maligni Spiritus manifestationes » lorsqu'il retourna en mai 1678 à Mariazell.

Il donna aux religieux, comme motif de son retour, le fait qu'il avait encore à réclamer au Diable un autre pacte écrit précédemment à l'encre [Celui-ci, dressé au mois de, septembre 1668, aurait, neuf ans et demi plus tard, c'est-à-dire en mai 1678, dépassé depuis longtemps la date de son échéance.].

Cette fois encore la Sainte Vierge et les pieux pères obtinrent pour lui que sa prière fût exaucée. Mais la relation passe sous silence de quelle façon cela eut lieu. Elle ne dit qu'en peu de mots : « qua tuxta votum reddita ». De nouveau il pria et obtint que le billet lui fût rendu. Se sentant alors tout dégagé, il entra dans l'Ordre des Frères de la Miséricorde.

Il faut de nouveau reconnaître que le caractère évidemment tendancieux de son travail n'a pourtant pas induit le compilateur à dévier de la véracité qu'on est en droit d'exiger de la relation d'une histoire de malade. Car il ne cache pas ce qu'a donné, après le décès du peintre, l'enquête faite auprès des autorités du couvent des Frères de la Miséricorde en 1714. Le R. P. Provincial rapporte que le frère Chrysostomus a encore été en butte à plusieurs reprises aux assauts de l'Esprit Malin qui voulait l'entraîner à faire un nouveau pacte, cela seulement, il est vrai, quand « il avait bu de vin un peu trop [« Wenn er etwas mehrers von Wein getrunken. »] », mais qu'avec la grâce de Dieu il avait toujours été possible de repousser le Diable. Le frère Chrysostomus est ensuite mort « doucement et plein de consolations [« Sanft und trostreich. »] » de la fièvre hectique, en l'an 1700, au couvent de l'Ordre, à Neustatt sur la Moldava.

II – Le motif du pacte avec le diable

Si nous regardons l'histoire de ce pacte diabolique comme étant celle d'une maladie névrotique, le problème de la motivation du pacte, qui est d'ailleurs en relation intime avec celui de la causation de la maladie, sera ce qui nous intéressera d'abord. Pourquoi se livre-t-on au Diable ? Il est vrai que le docteur Faust demande avec mépris : « Que peux-tu bien donner, pauvre diable que tu es ? » Mais il n'a pas raison : le Diable possède, à offrir contre la rançon d'une âme immortelle, toutes sortes de choses que les hommes estiment fort haut : richesse, sécurité dans le danger, puissance sur les hommes et sur les forces de la Nature, même arts magiques, mais, avant toute chose, de la jouissance, la jouissance de belles femmes [Voyez dans Faust, I (scène du cabinet de travail). Ich will mich hier zu deinem Dienst verbinden, Auf deinen Wink nicht rasten und nicht ruhn ; Wenn wir uns drüben wieder finden, So sollst du mir das Gleiche thun.

(Je veux m'engager ici à te servir
Sans relâche et sans répit t'obéir ;
Quand nous nous retrouverons là-bas
Tu devras me rendre la pareille.)]. Quel peut alors avoir été pour Christophe Haitzmann le motif de son pacte P.

Par extraordinaire, ce n'est aucun de ces désirs si

naturels. Pour écarter toute hésitation, il suffit d'examiner les courtes notices dont le peintre accompagne les apparitions du Diable qu'il a peintes. Par exemple, voici ce que dit la note de la troisième vision :

« C'est pour la troisième fois qu'il m'est apparu au cours d'un an et demi sous cet affreux aspect, un livre à la main dans lequel Il n'y avait que de la sorcellerie et de la magie noire [« Zum driten ist er mir in anderthalb Jahren in disser abscheühlichen Gestalt erschinen, mit einen Buch in der Handt, darin lauter Zauberey und schwarze Kunst war begrüffen... »]... »

Mais, par la notice accompagnant une apparition plus tardive, nous apprenons que le Diable fait au peintre de vifs reproches parce qu' « il aurait brûlé le livre qu'il avait annoncé [« Sein vorgemeldtes Buch verbrennt. »] » et menace de le mettre en pièces s'il ne peut de nouveau le lui procurer.

Dans la quatrième apparition, il lui montre une grande bourse jaune et un gros ducat, et lui promet de lui en donner toujours autant qu'il en désirerait « mais je n'ai pas du tout accepté cela ! [« Aber ich solliches gar nicht angenomben. »] », le peintre peut s'en vanter.

Une autre fois, il exige de lui qu'il s'amuse, se distraie. A quoi le peintre remarque : « ce qui, en effet, est arrivé sur sa demande, mats je n'ai jamais continué plus de trois jours, et je me suis immédiatement de nouveau abstenu [« Welliches zwar auch auf sein begehren gescheben ober ich yber drey Tag nit contnuirt, und gleich widerumb aussgelöst worden. »] ».

Si donc il refuse magie, argent, plaisirs, bien moins encore en eût-il fait la stipulation d'un pacte. Aussi e-t-on vraiment le besoin de savoir ce que le attendait à proprement parler du Diable lorsqu'il se voua à lui. Il devait pourtant avoir une raison quelconque pour entrer en contact avec le Diable.

Le Trophaeum donne de fait sur ce point un renseignement sûr. Devenu mélancolique, le peintre ne pouvait ou ne voulait plus vraiment travailler et avait des soucis relativement à l'entretien de son existence, donc dépression mélancolique avec inhibition au travail et crainte (bien fondée) pour la subsistance.

Ainsi, nous avons bien affaire à une histoire de malade et nous apprenons du même coup quelle était la cause de cette maladie appelée expressément, par le peintre lui-même, mélancolie (« je devais pour cela m'amuser et chasser la mélancolie [« Sotte midi darmit belustigen und melancoley vertreiben.] »). De nos trois sources, la première, la lettre d'introduction du curé, ne mentionne que l'état dépressif (« dum artis suae progressum emolumentumque secuturum pusillanimis perpenderet »), mais la deuxième, le rapport de l'abbé Franciscus, sait encore nous nommer le point de départ de ce découragement ou dépression, car il dit ici « accepta aliquâ pusillanimitate ex morte parentis », et, de même dans l'avantpropos du compilateur, il est dit dans les mêmes termes, mais intervertis : « ex morte parentis accepta aliquâ pusillanimitate ». Donc, son père était mort, ce qui l'avait rendu mélancolique ; le Diable était alors venu à lui, lui avait demandé pourquoi il était si bouleversé et si triste et lui avait promis « de l'aider de toutes manières et de l'assister [« Auf alle Weiss zu helfen und an die Handt zu gehen. » Voir l'image I du titre et la légende qui l'accompagne, le Diable représenté en « honorable bourgeois » (Ersamen Bürgers).] ».

Voilà donc un individu qui s'adonne au Diable dans le but d'être délivré d'une dépression psychique. A coup sûr un excellent motif ! Quiconque peut se mettre à la place d'un homme souffrant les tourments d'un pareil état et qui, de plus, sait combien peu l'art médical s'entend à soulager ce mal, le comprendra. Et cependant, pas un seul de nos lecteurs ne pourrait deviner en quels termes le pacte conclu avec le Diable (ou plutôt les deux pactes, un premier écrit à l'encre et un deuxième écrit environ un an plus tard avec du sang, tous deux soi-disant conservés dans le trésor de Mariazell et reproduits dans le Trophaeum), en quels termes, dis-je, ces pactes ont été formulés.

Ces pactes sont, à deux titres, très surprenants. Non seulement ils ne stipulent aucune obligation du Diable en retour du salut éternel mis en gage, mais c'est le peintre seul qui doit satisfaire à une exigence du Diable. Cela parait tout à fait illogique, absurde, que cet homme joue son âme, non pour quelque chose à recevoir du Diable, mais pour quelque chose à accomplir en faveur de celui-ci. Plus étrange encore est l'obligation qui incombe au peintre.

Première « Syngraphe », écrite à l'encre

Moi, Christophe Haitzmann, je signe ici, me vouant à ce seigneur comme son propre fils pour neuf ans. Année 1669 [Ich Christoph Haitzmann undterschreibe mich diesen Herrn sein leibeigener Sohn auf 9 Jahr. 1669 Jahr. Anno 1669.].

Deuxième « Syngraphe », écrite avec du sang :
Anno 1669

Christophe Haitzmann. Je m'engage par écrit à ce Satan, promettant d'être son propre fils et dans neuf ans de lui appartenir corps et âme [Christoph Haitzmann. Ich verschreibe mich diesen Satan, ich sein leibeigner Sohn zu sein, und in Jahr ihm mein Leib und Seel zuzugeheren.].

Tout étonnement cesse cependant lorsque nous disposons le texte du pacte de telle sorte que ce qui y est indiqué comme étant une exigence du Diable représente plutôt une promesse de sa part, par conséquent, ce que le peintre exige de lui. Ce pacte énigmatique prendrait alors un sens direct et il pourrait s'interpréter ainsi : Le Diable s'engage pour neuf ans, envers le peintre, à remplacer son père défunt. Passé ce temps, le peintre tombera corps et âme en sa possession, selon la formule d'usage dans ce genre de marchés.

Le cours des idées du peintre ayant motivé son acte, semble donc avoir été le suivant : Il a perdu, de par la mort de son père, toute envie et capacité de travail ; si donc il trouve un substitut de ce père, il espère récupérer cette perte.

Pour devenir mélancolique à la suite de la mort d'un père, il faut avoir aimé celui-ci. Mais il est assez curieux qu'un fils ait alors l'idée de prendre le Diable comme substitut de ce père bien-aimé.

III – Le diable substitut du père

Que nous ayons démontré sans conteste le sens du pacte avec le Diable par cette interprétation renversée, voilà ce qu'une froide critique, je le crains, ne nous concédera pas. Elle pourra nous faire là contre deux objections. En premier lieu, il n'est pas nécessaire de considérer le pacte comme étant un contrat concernant les engagements des deux parties. Il ne contient bien plutôt que l'obligation du peintre, celle du Diable étant restée exclue du texte, en quelque sorte « sous-entendue » [En français dans le texte. (N. D. T.)] Or le peintre s'engage doublement, d'abord à se considérer comme le fils du Diable pendant neuf ans, ensuite à lui appartenir entièrement après sa mort. Par là se trouve écartée l'une des bases de notre conclusion.

La deuxième objection consiste à dire qu'on n'est pas autorisé à donner trop de poids à l'expression : être le propre fils du Diable, qu'elle pourrait n'être qu'une manière de parler courante telle qu'ont pu la comprendre Messieurs les ecclésiastiques. Ceux-ci en effet ne traduisent pas dans leur latin la filiation promise dans les pactes, mais se contentent de dire que le peintre s'était voué, « mancipavit », au Malin, prenant sur lui de mener une vie pécheresse, de renier Dieu et la Sainte Trinité. Pourquoi nous écarter de cette interprétation qui tombe sous le sens et n'a rien de forcé [Nous conviendrons nous-mêmes, lorsque nous examinerons quand et pour qui ces pactes ont été rédigés, que leur texte devait être conçu en termes habituels et faciles à saisir pour tous. Mais il nous suffit qu'il conserve une ambiguïté à laquelle puisse se rattacher notre interprétation.] ? Les choses seraient alors très simples : un mélancolique, en proie au tourment et à la détresse propres à cet état dépressif, se voue au Diable auquel il reconnaît le plus fort pouvoir thérapeutique.

Nous n'avons pas à nous préoccuper outre mesure de ce que cette dépression provienne de la mort du père ; elle aurait pu tout aussi bien avoir un autre point de départ. Voilà qui paraît solide et raisonnable. De nouveau s'élève contre la psychanalyse le reproche de compliquer les choses les plus simples par des arguties, de voir des mystères et des problèmes là où il n'en existe pas et d'y arriver en soulignant outre mesure de petites choses accessoires, telles qu'on peut en rencontrer partout, leur faisant porter les conclusions les plus amples et les plus étranges. Nous ferions en vain valoir, là contre, qu'en rejetant ainsi l'analyse, beaucoup d'analogies frappantes se trouveraient supprimées, de délicats enchaînements détruits, que nous eussions pu mettre au jour dans ce cas. Les contradicteurs diront que ces analogies et ces enchaînements n'existent tout simplement pas, et qu'ils sont introduits par nous avec une ingéniosité superflue.

Je ne déclarerai pas, avant de répondre à ces objections : soyons honnêtes ou soyons francs, car c'est ce qu'on doit toujours pouvoir être sans effort spécial, mais j'en conviendrai plus loin : si quelqu'un ne croit pas d'avance à la valeur de la psychanalyse, ce n'est pas le cas du peintre Chr. Haitzmann au XVIIᵉ siècle qui l'en convaincra. Il n'entre d'ailleurs pas du tout dans mes intentions de me servir de ce cas comme d'une preuve de la validité de la psychanalyse ; je pose bien plutôt la psychanalyse comme étant admise et je m'en sers ensuite pour élucider la maladie démonologique du peintre. Ce droit, je le tire du succès de nos recherches sur la nature des névroses en général. On peut assurer, en toute modestie, qu'aujourd'hui même les plus obtus de nos contemporains et de nos confrères commencent à admettre qu'on ne saurait, sans psychanalyse, avoir aucune intelligence des états névrotiques.

« Ces flèches seules conquièrent Troie, elles seules », reconnaît Ulysse dans le Philoctète de Sophocle.

S'il est juste de considérer le pacte de notre peintre avec le Diable comme un fantasme névrotique, nous n'avons point à nous excuser de l'envisager sous l'angle psychanalytique. De petits indices ont aussi leur sens et leur valeur, tout particulièrement lorsqu'il s'agit de discerner les conditions dans lesquelles la névrose prend naissance. On peut, il est vrai, aussi bien les surestimer que les sous-estimer, et c'est une question de tact de sentir jusqu'à quel point on peut leur accorder de valeur. Mais si quelqu'un ne croit pas à la psychanalyse, et pas même au Diable, on ne peut que lui abandonner le soin de savoir ce qu'il fera du cas du peintre, soit qu'il réussisse à l'expliquer par ses propres moyens, soit qu'il n'y trouve rien qui puisse avoir besoin d'être éclairci.

Nous en revenons à notre hypothèse : le Diable, auquel notre peintre se voue, est pour lui un substitut du père. Le personnage sous. la forme duquel le Diable apparaît en premier répond à cette hypothèse : un honorable bourgeois d'un certain âge, avec une barbe brune, un manteau rouge, un chapeau noir, la main droite appuyée sur une canne, un chien noir à côté de lui (Image I) [Dans Goethe, le Diable lui même sort d'un chien noir de ce genre.]. Plus tard, l'apparition se fait toujours plus effrayante, on pourrait dire plus mythologique : cornes, serres d'aigle, ailes de chauve-souris contribuent à former son équipement. Finalement le Diable apparaît dans la chapelle sous forme de dragon volant. Nous reviendrons plus tard sur un autre détail précis de sa conformation.

Il semble vraiment étrange de choisir le Diable pour substitut d'un père aimé ; toutefois cela ne l'est qu'à première vue, car nous connaissons d'autres faits susceptibles d'amoindrir notre surprise.

D'abord, nous savons que Dieu est un substitut du père ou, plus exactement, un père exalté, ou bien encore une copie du père, tel qu'on le voyait et qu'on le ressentait dans l'enfance, l'individu dans sa propre enfance, le genre humain dans les temps ancestraux en tant que père de la horde primitive. Plus tard, l'individu considéra son père autrement, le vit en quelque sorte amoindri, mais cette première image enfantine se maintint et se fondit avec les vestiges traditionnels du souvenir du père ancestral pour former la représentation individuelle de Dieu. Nous savons aussi, par l'histoire intime de l'individu telle que la découvre l'analyse, que les rapports avec ce père furent, peut-être dès le début, ambivalents, ou en tout cas le devinrent bientôt, c'est-à-dire qu'ils comprenaient deux courants émotifs contraires, non seulement un sentiment de soumission tendre, mais un autre encore d'hostilité et de défi. Cette même ambivalence, selon notre manière de voir, domine les rapports de l'humanité avec sa divinité. C'est par ce conflit sans fin existant, d'une part, entre la nostalgie du père, et, d'autre part, la crainte et le défi filiaux, que nous avons pu expliquer d'importants caractères et de décisives évolutions des religions [Voyez Totem et Tabou et pour le détail Th. Reik, Probleme der Religions psychologie (problèmes de psychologie religieuse), 1, 1919.].

Nous savons d'autre part, du mauvais Démon, qu'il est considéré comme antagoniste de Dieu et pourtant comme participant de très près à la nature divine. Son histoire, toutefois, n'est pas aussi bien approfondie que celle de Dieu, toutes les religions n'ont pas adopté le mauvais Esprit, l'adversaire de Dieu ; son prototype dans la vie individuelle reste d'abord dans l'ombre.

Mais ce qui est certain, c'est que des dieux peuvent devenir de méchants démons lorsque de nouveaux dieux les refoulent. Quand un peuple est vaincu, il n'est pas rare que ses dieux tombés se muent en démons pour le peuple vainqueur. Le mauvais Démon de la foi chrétienne, le Diable au Moyen Age, était lui-même, selon la mythologie chrétienne, un ange déchu, de même essence que Dieu. Il n'est pas besoin de grande finesse analytique pour deviner que Dieu et Diable étaient identiques au début, une personnalité unique, laquelle, plus tard, fut scindée en deux figures douées chacune de qualités opposées [Voyez Th. Reik, Der eigene und der fremde Gott. (Le propre dieu et le dieu étranger.) (Imago, Ill, 1923), dans le chapitre intitulé : Dieu et Diable.]. Aux temps primitifs des religions, Dieu avait lui-même tous les traits effrayants qui, par la suite, furent réunis dans son pendant contraire.

Il y a là un processus psychique qui nous est bien connu, la décomposition d'une représentation impliquant opposition et ambivalence en deux contraires violemment contrastés. Mais ces contradictions dans la nature primitive de Dieu sont un reflet de l'ambivalence qui domine des rapports de l'individu à son propre père. Si le Dieu bon et juste est un substitut du père, comment s'étonner que l'attitude opposée, de haine, de crainte et de récrimination, se soit formulée dans la création de Satan ? Le père serait par conséquent le modèle primitif et individuel aussi bien de Dieu que du Diable. Les religions porteraient alors l'empreinte ineffaçable de ce fait que le père ancestral était un être d'une méchanceté sans bornes, moins semblable à Dieu qu'au Diable.

Il n'est pas si facile, certes, de découvrir dans la vie psychique de l'individu la trace de la conception satanique du père.

Quand le petit garçon dessine des figures grimaçantes et des caricatures, on réussit peut-être à démontrer qu'il s'y moque de son père, et quand filles et garçons ont peur des brigands ou des cambrioleurs, on peut sans difficultés reconnaître en ceux-ci des dérivés du père [Le père loup apparaît comme commettant une effraction dans le conte bien connu des sept petits chevreaux.]. De même les bêtes qui apparaissent dans les phobies d'animaux chez l'enfant sont le plus souvent des substituts du père, comme l'était aux temps ancestraux l'animal totem. Mais il est rare de voir d'une manière aussi nette que chez notre peintre névrosé du XVIIe siècle le Diable être une copie du père et se présenter comme son substitut. C'est pourquoi, au début de ce travail, j'exprimais l'espoir qu'une histoire de maladie démonologique de ce genre pourrait nous livrer, en métal vierge, ce qu'un pénible travail analytique doit tirer du minerai brut des associations et des symptômes des névroses d'une époque ultérieure, laquelle n'est plus superstitieuse, mais est par contre devenue hypocondriaque [Si, dans nos analyses, nous réussissons si rarement à découvrir le Diable comme substitut du père, il se peut que cela tienne à ce fait que cette figure de la mythologie du Moyen Age a cessé depuis longtemps de jouer son rôle auprès des personnes qui se soumettent à notre analyse. Pour la pieux chrétien des siècles passés, la foi en la Diable n'était pas moins un devoir que la foi en Dieu. Il avait besoin du Diable pour pouvoir tenir ferme à Dieu. La diminution de la lui a ensuite, pour diverses raisons, atteint d'abord et avant tout la personne du Diable. Si l'on ose appliquer l'idée du Diable substitut du père à l'histoire de la civilisation, on envisagera aussi sous un jour nouveau les procès de sorcières au Moyen Age.].

Notre conviction se fortifiera sans doute encore en approfondissant l'analyse de la maladie de notre peintre.

Rien d'extraordinaire à ce qu'à la suite de la mort de son père, un homme souffre d'une dépression mélancolique et d'une inhibition au travail. Nous en conclurons qu'il éprouvait pour ce père un amour particulièrement fort et nous nous rappellerons combien souvent une mélancolie profonde se manifeste comme mode névrotique du deuil.

Nous aurons certes en ceci raison, mais non plus si nous en concluions que ces rapports aient été de pur amour. Au contraire, un deuil de par la perte du père se transformera d'autant plus aisément en mélancolie que les relations avec celui-ci étaient davantage sous le signe de l'ambivalence. En faisant ressortir cette ambivalence, nous nous préparerons à comprendre le ravalement du père, tel qu'il se trouve exprimé par la névrose démoniaque du peintre. S'il nous était possible d'en apprendre autant sur Chr. Haitzmann que sur l'un de nos patients soumis à l'analyse, nous pourrions aisément faire se développer cette ambivalence, amener le malade à se ressouvenir quand et à quel propos il eut lieu de craindre son père et de le détester, mais surtout nous pourrions découvrir les facteurs accidentels qui se sont surajoutés aux facteurs typiques de la haine du père qui prennent inévitablement racine dans les rapports naturels entre père et fils. Peut-être trouverait-on alors une explication toute spéciale à l'inhibition au travail. Il est possible que le père se soit dans ce cas opposé au désir du fils de se faire peintre ; l'incapacité que ce dernier éprouva, après la mort de son père, d'exercer son art, aurait ainsi été, d'une part, une manifestation de l' « obéissance après coup », phénomène bien connu, d'autre part, elle aurait, en rendant le fils incapable de pourvoir à sa propre subsistance, augmenté ses regrets d'un père considéré comme un protecteur contre les soucis de la vie.

En tant qu'obéissance après coup, elle serait aussi une manifestation de remords et une autopunition fort réussie.

Ne pouvant entreprendre une analyse de ce genre à propos de Chr. Haitzmann, mort en 1700, nous devrons nous borner à mettre en évidence les particularités de l'histoire de sa maladie susceptibles de donner des indications sur les points de départ typiques d'une attitude hostile envers le père. Il n'y en a que fort peu, pas très frappantes mais fort intéressantes.

Tout d'abord le rôle du nombre neuf. Le pacte avec le Malin est conclu pour neuf ans. La relation certainement digne de foi du curé de Pottenbrunn s'exprime clairement là-dessus : pro novem annis Syngraphen scriptam tradidit. Cette lettre d'introduction, datée du 1er septembre 1677, nous indique également que le délai sera écoulé dans quelques jours : quorum et finis 24 mensis hujus futurus appropinquat. Le pacte aurait ainsi été signé le 24 septembre 1668 1. Et, dans cet exposé, le nombre neuf se trouve avoir encore une autre application. Nonies – neuf fois – c'est neuf fois que le peintre affirme avoir résisté aux tentations du Malin avant de succomber. Ce détail ne sera plus rappelé dans les récits ultérieurs, « Post annos novem », est-il dit encore dans l'attestation de l'abbé, et « ad novem annos », répète le compilateur dans son extrait, ce qui montre que ce nombre n'a pas été considéré comme négligeable.

Par les fantasmes névrotiques, le nombre neuf nous est familier. C'est le nombre des mois de gestation et toujours, dès qu'il apparaît, il oriente notre attention vers un fantasme de grossesse. Chez notre peintre, il est vrai, il est question de neuf ans, non de neuf mois ; et le nombre neuf, dira-t-on, est par lui-même un nombre significatif.

Mais qui sait si le nombre neuf, en général, ne doit pas une grande part de son prestige à son rôle dans la grossesse ? La transformation de neuf mois en neuf années ne doit pas nous égarer. Nous savons par le rêve comment notre « activité psychique inconsciente » en prend à son aise avec les nombres. Si, par exemple, nous rencontrons dans un rêve le nombre cinq, il faut chaque fois le reporter à un « cinq » important dans la vie éveillée ; dans la réalité, ce sont cinq ans de différence d'âge, ou une société de cinq personnes, mais ils apparaissent dans le rêve sous forme de cinq billets de banque ou de cinq fruits. C'est ainsi que le chiffre reste identique, mais que ce qu'il désigne change suivant les besoins des condensations et des déplacements du

Nous nous occuperons plus loin de cette contradiction que les deux pactes portent la même date de 1669.

rêve. Neuf années dans le rêve peuvent ainsi facilement correspondre à neuf mois dans la réalité. Le travail du rêve jongle encore d'une autre manière avec les chiffres de la vie éveillée, en négligeant avec une souveraine indifférence les zéros, en ne les traitant pas comme des nombres. Ainsi cinq dollars, dans le rêve, peuvent tout aussi bien représenter cinquante, cinq cents, cinq mille dollars dans la réalité.

Un autre détail des relations du peintre avec le Diable nous ramène également à la sexualité. La première fois il voit le Diable, ainsi que nous l'avons déjà mentionné, sous l'apparence d'un honorable bourgeois. Mais dès la fois suivante, le Diable est nu, difforme et il a deux mamelles de femme. Il y en aura tantôt une seule paire, tantôt plusieurs, mais les mamelles ne manqueront dans aucune des apparitions suivantes.

Dans l'une de celles-ci seulement, le Diable portera en sus des mamelles un énorme pénis se terminant en serpent. Cette accentuation caractéristique du sexe féminin par des seins volumineux et pendants (A n'y a jamais d'indication d'organes génitaux femelles) semble en contradiction frappante avec notre hypothèse que le Diable soit pour notre peintre un substitut du père. En elle-même une pareille représentation du Diable est de fait très insolite. Quand « Diable » devient un concept de genre et crue par suite apparaît un grand nombre de diables, rien d'étonnant à en voir représentés de féminins ; mais il ne me semble pas qu'on représente jamais « le Diable », qui est une grande et puissante individualité, le maître de l'enfer et l'adversaire de Dieu, autrement que mâle, même plus ne mâle, avec cornes et queue et un grand pénis-serpent.

On peut cependant, par ces deux petits indices,

deviner quel facteur typique conditionne le côté négatif des relations du peintre à son père. Ce contre quoi il se débat est l'attitude féminine par rapport à ce père, attitude qui atteint son point culminant dans le fantasme d'accoucher d'un enfant de celui-ci (neuf ans). Nous connaissons parfaitement cette résistance par nos analyses où elle prend des formes très curieuses dans le transfert et nous donne bien du mal. Par son deuil du père disparu, par sa nostalgie croissante de celui-ci, voici que chez notre peintre se trouve réactivé le fantasme depuis longtemps refoulé de la grossesse, fantasme contre lequel il doit se défendre par la névrose et le ravalement du père.

Mais pourquoi ce père rabaissé au rôle de Diable porte-t-il les attributs corporels de la femme ? Ce trait semble d'abord difficile à interpréter, mais bientôt se présentent deux explications qui entrent en concurrence sans toutefois s'exclure.

L'attitude féminine envers le père fut frappée par le refoulement aussitôt que le petit garçon eut compris que la concurrence avec la femme pour l'amour du père aurait pour condition la renonciation à son propre organe viril, c'est-à-dire la castration. Le rejet de l'attitude féminine est ainsi la conséquence de la lutte contre la castration, et il trouve régulièrement sa plus forte expression dans le fantasme contraire : châtrer le père lui-même, faire de lui une femme. Les mamelles du Diable répondraient alors à la projection de la propre féminité du fils sur le substitut paternel. L'autre explication de cet attribut du corps du Diable est de l'ordre tendre et non plus hostile : d'après elle, cette figuration serait un indice de ce que la tendresse infantile pour la mère a été reportée sur le père et implique ainsi une forte fixation maternelle antérieure qui, de son côté, est responsable pour une part de l'hostilité contre le père. Les seins développés sont la marque positive du sexe de la mère, déjà a une époque où l'enfant ne connaît pas encore le caractère négatif de la femme, l'absence de pénis.

Comparer : Un souvenir d'enfance de Léonard de Vinci Eine Kilidheitserinnerung des Leonardo da Vinci, Ges. Schriften, vol. IX.) (Trad. Marie Bonaparte, Paris, Gallimard, 1927.)

Si la répugnance à accepter la castration rend impossible à notre peintre la liquidation de sa nostalgie du père, on comprendra aisément qu'il se soit adressé à l'image de la mère pour chercher aide et salut. C'est pourquoi il déclare que seule la Sainte Mère de Dieu de Mariazell peut le sauver du pacte contracté avec le Diable et c'est au jour de la Nativité de la Vierge (8 septembre) qu'il obtient sa délivrance.

Nous ne saurons naturellement jamais si le jour où le pacte fut conclu, le 24 septembre, n'était pas, lui aussi, un jour de même spécialement consacré.

Il n'y a peut-être pas, dans les constatations psychanalytiques sur la vie psychique de l'enfant, de partie qui semble, à un adulte normal, aussi déplaisante et aussi incroyable que l'attitude féminine du petit garçon envers le père et le fantasme de grossesse qui en découle. Nous n'en pouvons parler sans souci et besoin d'y chercher des excuses que depuis la publication, par le président de la Haute Cour de Saxe, Daniel-Paul Schreber, de l'histoire de sa maladie psychotique et de sa guérison presque complète 1. Nous apprenons par cette inestimable publication que Monsieur le Président de la Haute Cour, vers la cinquantième année de sa vie, acquit la conviction absolue que Dieu, – lequel, de plus, offre les traits reconnaissables du père du Président, le digne médecin docteur Schreber, – avait pris la résolution de le châtrer, d'user de lui comme d'une femme et d'engendrer par lui des hommes nouveaux de l'essence des Schreber. (Lui-même était sans enfants de son mariage.) De par la lutte qu'il entreprit contre cette intention de Dieu, qui lui semblait aussi injuste que « contraire à l'ordre de l'univers », il tomba malade, présentant tous les symptômes d'une paranoïa, laquelle cependant diminua au cours des années jusqu'à ne plus laisser qu'un résidu minime. Le brillant rédacteur de sa propre histoire pathologique ne pouvait certes pas se douter qu'il découvrait en elle un facteur pathogène typique.

Cette répugnance à la castration ou à l'attitude féminine, Alf. Adler l'a arrachée de son ensemble organique, la ramenant, par de superficiels ou faux rapports, à la volonté de puissance, et il l'a posée comme une tendance indépendante sous le nom de « protestation mâle ».

Mais une névrose ne pouvant jamais provenir que du conflit entre deux tendances, on est tout aussi justifié à voir la cause de « toutes » les névroses dans la protestation mâle que dans l'attitude féminine contre laquelle il est protesté. Il est exact que cette protestation mâle a une part régulière à la formation du caractère, part très importante dans certains types et que, dans l'analyse d'hommes névrosés, elle se dresse devant nous comme une vive résistance. La psychanalyse estime à sa valeur la protestation mâle en fonction du complexe de castration, sans pouvoir témoigner de sa toute-puissance ou de son omniprésence dans les névroses. De tous les cas de protestation mâle manifestée dans l'ensemble des réactions et des traits de caractère manifestes, le plus frappant de ceux ayant réclamé mon intervention s'est trouvé en avoir besoin de par une névrose obsessionnelle dans laquelle le conflit non résolu entre l'attitude masculine et l'attitude féminine (peur de la castration et plaisir de la castration) était parvenu à s'exprimer clairement. De plus, le patient avait des fantasmes masochistes qui tendaient tous vers le désir d'accepter la castration et il en était arrivé, poussé par ces fantasmes, à en rechercher la satisfaction matérielle d'une manière perverse. L'ensemble de son état reposait – de même, du reste, que la théorie d'Adler – sur le refoulement, la négation des fixations amoureuses de la première enfance.

D. P. Schreber, Denkwürdigkeiten eines Nervenkranken (Leipzig, 1903) (Mémoires d'un névropathe). Comparer mon analyse du cas Schreber (Psychonnalytische Bemerkungen über einen autobiographisch beschriebenen Fall von Paranoia, Ges. Schriften, vol. VIII). (Remarques psychanalytiques sur L'autobiographie d'un cas de paranoïa dans Revue française de Psychanalyse, 1932, fasc. I.)

Le Président Schreber trouva la guérison lorsqu'il se décida à abandonner la résistance contre la castration et à s'accommoder du rôle féminin que Dieu lui avait réservé. Il se sentit alors serein et calme, put réclamer et réaliser lui-même sa sortie de l'asile et mener une vie normale, sauf sur ce seul point que chaque jour il consacrait quelques heures aux soins de sa féminité, restant persuadé que les lents progrès de celle-ci atteindraient le but assigné par Dieu.

IV – Les deux pactes

Un détail singulier dans l'histoire de notre peintre se trouve être la déclaration d'avoir conclu avec le Diable deux pactes différents.

Le premier, écrit à l'encre noire, avait pour texte

« Moi, Chr. H... je signe ici, me vouant à ce seigneur comme son propre fils pour neuf ans. »

Le deuxième, écrit avec du sang, s'exprime ainsi

« Chr. H..., Je m'engage par écrit à ce Satan, promettant d'être son propre fils et dans neuf ans de lui appartenir corps et âme. »

Les originaux des deux pactes ont dû, au moment de la rédaction du Trophaeum, être présents dans les archives de Mariazell ; tous deux portaient la même date de 1669.

J'ai mentionné plusieurs fois déjà ces deux pactes, et je vais à présent m'en occuper plus à fond, quoique le danger d'exagérer des minuties semble ici particulièrement grand.

Il est étrange qu'un individu se voue deux fois au Diable, et cela, de manière à ce que le premier pacte écrit se trouve remplacé par le deuxième, sans toutefois perdre sa propre validité. Qui est déjà familiarisé avec les histoires du Diable s'en étonnera peut-être moins. Je ne pus, quant à moi, y voir qu'une particularité de notre cas et je fus pris de soupçon lorsque je constatai que c'était justement le point sur lequel les récits ne concordaient pas exactement. Or, l'étude de ces contradictions va nous amener d'une manière inattendue à une compréhension plus approfondie du cas de notre malade.

La lettre d'introduction du curé de Pottenbrunn indique un état de choses des plus simples et clairs.

Il n'y est question que d'un seul pacte écrit par le peintre avec du sang neuf ans auparavant et qui devait dans quelques jours, le 24 septembre, arriver à terme ; ce pacte aurait donc été établi le 24 septembre 1668 ; malheureusement cette date, qu'on peut déduire avec certitude, n'est pas citée expressément.

L'attestation de l'abbé Franciscus, datée, comme nous le savons, de peu de jours plus tard (du 12 sept. 1677), mentionne déjà un état de choses plus compliqué. On devra admettre, ce semble, que le peintre ait fait, entre-temps, des communications plus détaillées. Dans cette attestation, il est dit que le peintre a signé deux pactes, le premier en 1668 (ainsi que cela doit être en effet d'après la lettre d'introduction) écrit à l'encre noire ; l'autre, sequenti anno 1669, écrit avec du sang. Le pacte qui lui fut rendu le jour de la Nativité de la Vierge était celui écrit avec du sang, donc le dernier pacte, conclu en 1669. Ceci ne ressort pas de l'attestation de l'abbé, car il y est simplement dit : schedam redderet et schedam sibi porrigentem conspexisset, comme s'il ne pouvait être question que d'un seul écrit. Mais cela découle de la suite de l'histoire, ainsi que du titre en couleurs du Trophaeum où, sur le billet que tient le dragon diabolique, se voit distinctement l'écriture rouge. La marche ultérieure des événements, comme il a déjà été dit, fut telle : le peintre revint en mai 1678 à Mariazell, après avoir subi à Vienne de nouveaux assauts du Malin, et il déposa sa requête, demandant que, par un nouvel acte de grâce de la Sainte Vierge, le premier document, celui écrit à l'encre, lui fût rendu. La façon dont cela eut lieu n'est plus décrite aussi amplement que la première fois.

Il est simplement dit qua iuxta votum reddita et, à un autre endroit, le compilateur raconte que ce même pacte « chiffonné et déchiré en quatre » fut jeté par le Diable au peintre, le 9 mai 1678, vers neuf heures du soir.

Les pactes portent cependant tous deux la même date : année 1669.

Ce désaccord ou bien ne signifie rien du tout, ou bien nous amène à penser ce qui suit :

Si nous partons de l'exposé de l'abbé comme étant le plus complet, toutes sortes de difficultés se présentent. Lorsque Chr. H... avoua au curé de Pottenbrunn qu'il était en proie aux poursuites du Diable et que l'échéance était proche, il ne pouvait (en l'an 1677) avoir pensé qu'au pacte conclu en 1668, donc au premier pacte, celui en noir (que la lettre de recommandation désigne seul, mais en l'indiquant comme étant de sang). Cependant, quelques jours plus tard, à Mariazell, il ne se préoccupe plus que de ravoir le deuxième, de sang, qui n'est pas encore échu (1669-1677) et il laisse passer l'échéance du premier. Celui-ci, ce n'est qu'en 1678 qu'il le redemande, c'est-àdire dans la dixième année après qu'il a été conclu. De plus, pourquoi les deux pactes sont-ils datés de la même année 1669, puisque l'un d'eux est expressément attribué « anno subsequenti » ?

Le compilateur doit avoir senti ces difficultés, car il tente de les lever. Dans son introduction il adopte l'exposé de l'abbé, mais il le modifie sur un point. Le peintre, dit-il, aurait fait en 1669 avec le Diable un pacte écrit à l'encre, « deinde vero », et Zusammeng eknäult und in vier Stücke zerrissen.

plus tard avec du sang. Il laisse de côté les données formelles des deux relations, d'après lesquelles un des pactes échoit en l'année 1678, et néglige dans l'attestation de l'abbé cette remarque que la date de l'année a changé entre la signature des deux pactes, afin de rester d'accord avec la date que portent les deux écrits rendus par le Diable.

Dans l'attestation de l'abbé, après les mots sequenti vero anno 1669, se trouve entre parenthèses ce passage : simitur hic alter annus pro nondum completo uti saepe in loquendo fieri solet, nam eundum annum indicant Syngraphae quarum atramento scripta ante praesentem attestationem nondum habita fuit. Ce passage est une indubitable interpolation du compilateur, car l'abbé, qui n'a vu qu'un seul pacte, ne peut donc pas témoigner qu'ils portent tous deux la même date. Il semble du reste que par la parenthèse on veuille indiquer que c'est une adjonction étrangère à l'attestation. Ce qu'elle contient est un autre essai du compilateur pour concilier les contradictions dont il est question. Ce dernier pense qu'il est exact, certes, que le premier pacte ait été conclu en 1668, mais que, comme l'année était alors très avancée (septembre), le peintre doit l'avoir antidaté d'une année ; ainsi les deux pactes peuvent présenter la même date. Le fait qu'il s'autorise de ce qu'on en use souvent de même dans les rapports oraux condamne tout cet essai d'explication, qui n'est qu'un expédient.

Je ne sais pas trop si mon exposé a fait impression sur le lecteur et s'il l'a mis en état de s'intéresser à ces minuties. Il me semblait impossible d'établir d'une manière indubitable l'exact état des choses, mais je suis arrivé, en étudiant cette affaire embrouillée, à une supposition qui a l'avantage d'indiquer de la façon la plus naturelle comment les choses ont dû se passer, même si les témoignages écrits ne concordent pas absolument avec elle.

Je pense que, lorsque le peintre vint à Mariazell pour la première fois, il ne parla que d'un seul pacte, écrit, d'après la règle, avec du sang, et devant bientôt échoir, par conséquent conclu en septembre 1668, tout à fait comme il est dit dans la lettre d'introduction du curé.

A Mariazell il présenta aussi ce pacte de sang comme étant celui que le Démon lui avait rendu sous la contrainte de la Sainte Mère. Nous savons ce qui arriva ensuite. Le peintre quitta bientôt le pèlerinage et alla à Vienne où il se sentit en effet délivré jusqu'à la mi-octobre. Mais alors les souffrances et les apparitions, qu'il attribuait aux efforts du Malin, recommencèrent. Il éprouva de nouveau le besoin d'être délivré, mais il se trouva alors confronté par la difficulté d'expliquer pourquoi l'exorcisme dans la chapelle sainte ne lui avait pas apporté de délivrance durable. Peut-être, ayant récidivé et n'étant pas guéri, craignait-il de n'être pas bien reçu à Mariazell. Dans cet embarras, il imagina un pacte primitif, antérieur, mais qui devait être écrit à l'encre, afin qu'il parût plausible que ce pacte eût été relégué au second plan par un autre, ultérieur, écrit avec du sang. Revenu à Mariazell, il se fit aussi rendre ce soi-disant premier pacte. Il fut alors vraiment délivré du Malin, mais il fit toutefois, en même temps, autre chose.

Ce n'est assurément que pendant ce second séjour à Mariazell qu'il acheva les dessins ; la feuille de titre, composée d'ensemble, contient la représentation des deux scènes du pacte. Le peintre peut fort bien s'être trouvé embarrassé dans sa tentative pour mettre d'accord ses nouvelles déclarations avec les précédentes. C'était un désavantage pour lui de n'avoir pu imaginer qu'un pacte antérieur et non un pacte ultérieur. Il ne pouvait, par là, empêcher qu'il n'en résultât cette maladroite occurrence : il avait retiré trop tôt un des pactes, celui en lettres de sang (dans la huitième année) ; l'autre, le noir, trop tard (dans la dixième année).

Un indice trahit sa double rédaction ; il lui arriva de se tromper en datant les pactes et de placer aussi le précédent dans l'aimée 1669. Cette erreur a la signification d'une franchise involontaire ; elle nous fait deviner que le pacte soi-disant antérieur fut établi pour une échéance plus lointaine. Le compilateur, qui n'eut à s'occuper de la matière qu'en 1714, peut-être seulement en 1729, dut s'efforcer de faire disparaître autant que possible ces contradictions, qui ne sont pas sans importance. Comme les deux pactes qu'il avait devant lui portaient la date de 1669, il se tira d'affaire par l'expédient qu'est l'essai d'explication intercalé dans l'attestation de l'abbé.

On reconnaît sans peine où réside la faiblesse de cette séduisante reconstruction. La mention de deux pactes, d'un noir et d'un rouge sang, se trouve déjà dans l'attestation de l'abbé Franciscus. J'ai donc le choix, ou bien de supposer que le compilateur ait aussi changé quelque chose à cette attestation, ceci en étroite connexion avec son interpolation, ou bien de reconnaître que je ne suis pas capable de débrouiller cette confusion [Le compilateur s'est trouvé, nie semble-t-il, comme coincé entre deux points fixes. D'une part, dans la lettre d'introduction du curé, de même que dans l'attestation de l'abbé, il trouvait cette donnée que le pacte (du moins le premier) avait été établi en 1668 ; d'autre part, les pactes, conservés dans les Archives, portaient tous deux la date de 1669. Ayant sous les yeux deux pactes, il dut croire fermement que deux pactes avaient été conclus. Si, dans l'attestation de l'abbé, il n'était, comme je le crois, question que d'un seul pacte, le compilateur fut obligé d'introduire dans cette attestation la mention du deuxième, et, pour lever la contradiction, il admit que celui-ci avait été antidaté.

Le changement qu'il entreprit dans le texte est immédiatement voisin de l'interpolation que lui seul peut avoir faite. Il fut forcé de réunir par les mots sequenti vero anno 1669 l'interpolation et le changement dans le texte, parce que le peintre, dans la légende explicative (très endommagée) de l'image du titre, avait expressément écrit :

Nach einem Jahr würdt Er

... schrökhliche betrohungen in ab

... gestalt Nr. 2 bezwungen sich,

...... n Bluut zu verschreiben.

(Après une année il fut...... terriblement menacé...... figure n° 2, fut obligé...... à signer

avec du sang...)

L'erreur faite par la peintre lorsqu'il prépara las Syngraphae, et qui m'a contraint à ces

tentatives d'explication, ne me semble pas moins intéressante que ses pactes eux-mêmes.].

Toute cette discussion doit sembler depuis un bon moment bien superflue au lecteur, et les détails examinés de trop peu d'importance. Mais la chose prend un intérêt nouveau quand on la poursuit dans un certain sens.

J'ai dit, tout à l'heure, au sujet du peintre, que désagréablement surpris parla marche de sa maladie, il avait imaginé un pacte antérieur (celui à l'encre) pour pouvoir maintenir sa position vis-à-vis des prêtres de Mariazell. Or, j'écris pour des lecteurs qui, tout en croyant, il est vrai, à la psychanalyse, ne croient pas au Diable, et qui pourraient me représenter l'absurdité qu'il y a à faire à ce pauvre bonhomme de peintre – la lettre d'introduction le nomme hune miserum – un pareil reproche.

Le pacte en lettres de sang devait être tout aussi imaginaire que le soi-disant pacte antérieur à l'encre. En réalité, aucun diable ne lui était apparu, tout le pacte avec le Diable n'existait que dans son imagination. J'en conviens, et on ne peut contester à ce malheureux le droit de compléter son fantasme primitif par un nouveau, quand des circonstances nouvelles semblaient l'exiger.

Mais, ici encore, il faut voir plus loin. Les deux pactes ne sont en effet pas des fantasmes comme les visions du Diable ; c'étaient des documents qui, d'après les affirmations du copiste, comme plus tard d'après le témoignage de l'abbé Kilian, étaient conservés dans les archives de Mariazell et que tout le monde pouvait voir et toucher. Nous nous trouvons donc ici dans un dilemme. Ou bien nous devons admettre que le peintre avait fabriqué lui-même, au moment voulu, quand il en avait eu besoin, les deux schedae qui lui avaient soi-disant été rendues de par la grâce divine, ou bien il nous faut considérer Messieurs les ecclésiastiques de Mariazell et de Saint-Lambert, malgré toutes les solennelles assurances, constatations de témoins avec sceaux, etc., comme n'étant pas dignes de foi. J'avoue que ce n'est qu'avec peine que je suspecterais les ecclésiastiques. J'incline certes à admettre que le compilateur, dans l'intérêt de la concordance, a falsifié quelque chose à l'attestation du premier abbé, mais ce « travail d'élaboration secondaire » n'outrepasse pas les accomplissements analogues des historiens modernes et laïques, et fut fait, en tout cas, de bonne foi. Dans d'autres circonstances, les religieux se sont acquis un droit motivé à notre confiance. Je l'ai déjà dit, rien ne les empêchait de supprimer les relations relatives à la guérison incomplète et à la continuation des tentations ; de même, la description de la scène d'exorcisme dans la chapelle, qu'on pouvait quelque peu redouter, est contée de façon sobre et vraisemblable.

Il ne reste donc plus qu'à accuser le peintre. Ce dernier devait avoir sur lui le pacte en lettres rouges lorsqu'il se rendit à la chapelle pour faire son acte de pénitence, et il le produisit ensuite, lorsqu'il revint vers les témoins ecclésiastiques après sa rencontre avec le Démon. Aucune nécessité non plus à ce que ce papier eût été le même que celui conservé plus tard dans les archives ; d'après notre reconstruction, ce premier papier pouvait fort bien porter la date de 1668 (neuf ans avant la séance d'exorcisme).

V – La névrose ultérieure

Mais tout cela serait de la fraude et non de la névrose, le peintre serait un simulateur et un faussaire, non pas un possédé ! Cependant, on le sait, les frontières entre la névrose et la simulation sont flottantes. Je n'éprouve non plus aucune difficulté à admettre que le peintre ait écrit et emporté ce billet, comme ceux qui ont suivi, dans un état particulier comparable à celui de ses visions. Il ne pouvait en effet pas faire autrement s'il voulait réaliser son fantasme de pacte avec le Diable et de délivrance.

Par contre, le journal rédigé à Vienne, et qu'il remit aux religieux lors de son second séjour à Mariazell, porte le cachet de la véracité. Ce document nous permet de jeter un regard profond sur la motivation, nous dirions mieux : sur la mise à profit de la névrose.

Les annotations s'étendent de l'époque de l'heureux exorcisme au 15 janvier de l'année suivante 1678. Jusqu'au 11 octobre, le peintre se porta très bien, à Vienne, où il demeurait chez une sœur mariée, mais alors recommencèrent de nouveaux états morbides, avec visions, convulsions, évanouissements et sensations douloureuses, qui amenèrent son retour à Mariazell en mai 1678.

Ce nouveau récit de ses souffrances se divise en trois phases. D'abord la tentation se manifeste sous forme d'un cavalier bien habillé qui cherche à le persuader de jeter le billet attestant son admission chez les Frères du Saint-Rosaire. Comme il résiste, la même apparition se reproduit le lendemain, mais cette fois dans une salle superbement ornée, où des gentilshommes et de belles dames dansent.

Le même cavalier qui l'a déjà une fois tenté lui fait encore des propositions se rapportant [Ce passage m'est resté incompréhensible.] à la peinture et lui promet en échange une belle somme d'argent. Après qu'il a réussi par des prières à faire évanouir cette vision, elle se renouvelle quelques jours plus tard sous une forme encore plus impressionnante. Cette fois, le cavalier lui dépêche l'une des plus belles femmes qui étaient assises à la table du festin, afin qu'elle l'amène dans la brillante compagnie et il a de la peine à se défendre contre la tentatrice. Mais plus effrayante encore est la vision qui suit bientôt, d'une salle encore plus magnifique dans laquelle « s'élevait un trône d'or [« Goldstuckh aufgerichteter Thron ».] ». Des cavaliers se tiennent tout autour et attendent l'arrivée de leur roi. La même personne qui s'était souvent déjà occupée de lui s'approche et l'engage à monter sur le trône car « ils voulaient le prendre pour leur roi et le révéler en toute éternité [« Wollten für ihren König halten und in verehren ».] ». C'est par cette amplification du fantasme que se termine cette première et très transparente phase de l'histoire de la tentation.

Une réaction devait à présent se produire. L'ascétisme prend le dessus. Le 20 octobre, une grande gloire apparaît au peintre, il en sort une voix qui se fait reconnaître pour celle du Christ et lui enjoint de renoncer au monde et de servir Dieu pendant six ans dans un désert. Il souffre manifestement plus de ces saintes apparitions que des démoniaques qui les avaient précédées. Il ne se réveille de cette crise qu'au bout de deux heures et demie. Dans la suivante, le saint personnage, entouré d'une gloire, est moins bienveillant encore, il menace le peintre parce que celui-ci n'a pas accepté la proposition divine et il le conduit dans l'Enfer afin de l'épouvanter par le spectacle du sort des damnés.

La menace n'agit manifestement pas, car les apparitions du personnage rayonnant, qui doit être le Christ, se répètent, occasionnant des pertes de connaissance et des extases qui durent chaque fois plusieurs heures. Dans la plus grandiose de ces extases, le personnage glorieux conduit le peintre d'abord dans une ville dans les rues de laquelle les hommes s'adonnent à toutes les œuvres de ténèbres, et ensuite, par contraste, dans une belle prairie où des ermites mènent une vie sainte et reçoivent des témoignages palpables de la grâce de Dieu et de sa Providence. Ensuite, à la place du Christ, la Sainte Mère elle-même apparaît, enjoignant au malade, au nom de l'aide qu'elle lui a déjà accordée, d'obéir ait commandement de son fils bien-aimé. « Comme il ne s'y résolvait pas bien [« Da er sich nicht recht resolviret ».] », le jour suivant le Christ revient et le presse fort, avec menaces et promesses. Il cède enfin, décide de renoncer au monde et de faire ce qu'on attend de lui. Cette décision mit fin à la seconde phase. Le peintre constate qu'à partir de ce moment il n'a plus eu ni visions ni tentations.

Cette décision, semble-t-il, n'était toutefois pas très ferme, ou bien elle avait été trop différée, car, le 26 décembre, comme le peintre faisait ses dévotions à l'égliseSaint-Étienne, il ne put se défendre à la vue d'une alerte jeune personne marchant avec un seigneur en beau costume, de l'idée qu'il pourrait, lui, être à la place de ce seigneur. Voilà qui appelait un châtiment et, le soir même, il en fut frappé comme d'un coup de foudre : il se vit entouré de flammes et s'évanouit. On s'évertua à le ranimer, mais il se roula dans la chambre jusqu'à ce que du sang lui sortît dit nez et de la bouche, il se sentait couvert de sueur et d'ordures et il entendait une voix qui disait que cet état lui était envoyé en punition de ses futiles et vaines pensées.

Plus tard il fut encore frappé de cordes par les mauvais esprits et on lui annonça qu'il serait ainsi tourmenté tous les jours, jusqu'à ce qu'il se fût décidé à entrer dans un ordre d'ermites. Ces événements durèrent jusqu'au 13 janvier, date à laquelle s'arrête le journal.

Nous voyons comment chez notre pauvre peintre les fantasmes tentateurs se résolvent d'abord en fantasmes ascétiques et enfin punitifs. Nous connaissons déjà la fin de l'histoire de ses souffrances. Il se rendit en mai à Mariazell où il confessa avoir fait un pacte antérieur, écrit à l'encre noire, auquel il croyait devoir d'être de nouveau tourmenté par le Diable ; il obtint qu'il lui fût rendu et se trouva guéri.

C'est pendant ce second séjour qu'il peignit les images reproduites dans le Trophaeum, mais alors il fit une chose qui concordait avec les exigences de la phase ascétique de son journal. Il ne s'en alla pas au désert se faire ermite, mais il entra dans l'ordre des Frères de la Miséricorde : religiosus factus est.

La lecture du journal nous permet de comprendre un côté nouveau de tout cet ensemble. Nous nous rappelons que le peintre s'était voué au Diable parce que, après la mort de son père, mécontent et incapable de travailler, il était en peine de gagner sa vie. Or ces facteurs, dépression, inhibition au travail et deuil du père, sont reliés d'une manière quelconque, simple ou compliquée. Peut-être les apparitions du Diable étaient-elles si largement pourvues de mamelles parce que le Malin devait devenir son père nourricier. Mais cet espoir ne se réalisa pas, tout continua à lui réussir mal, il ne put travailler convenablement ou bien n'eut pas de chance et ne trouva pas assez de travail.

La lettre d'introduction du curé dit de lui : « hune miserum omni auxilio destitutum ». Ainsi le peintre n'était pas seulement dans le besoin moral, il souffrait encore du besoin matériel. On trouve, disséminées dans le récit de ses dernières visions, des remarques qui montrent, tout comme le contenu des scènes qu'il voit, que même après la réussite du premier exorcisme, rien n'a été changé. Nous sommes en présence d'un homme qui n'arrive à rien, et auquel, à cause de cela, on n'accorde aucune confiance. Dans la première vision, le cavalier lui demande ce qu'il va faire, puisque personne ne s'occupe de lui : « Puisque je suis abandonné de tout le monde, qu'est-ce que je vais faire [« ich von iedermann izt verlassen, svass ich anfangen würde ».] ? » La première série de visions à Vienne répond tout à fait aux fantasmes de désir d'un pauvre, affamé de jouissances, misérable : salles magnifiques, bonne chère, vaisselle d'argent, belles, femmes ; ici se retrouve ce qui nous avait manqué jusqu'à présent dans les rapports avec le Diable. Auparavant régnait une mélancolie qui rendait le malade incapable d'aucune jouissance et le faisait renoncer aux offres les plus tentantes. Il semble que, après l'exorcisme, la mélancolie ait été surmontée et que toutes les convoitises temporelles aient repris vie.

Dans l'une des visions d'ascétisme il se plaint à la personne qui le mène (le Christ) que nul ne veuille le croire, ce qui l'empêche d'exécuter ce qui lui est commandé. La réponse qu'il reçoit nous reste malheureusement obscure. « On ne veut pas née croire, mais ce qui est arrivé, je le sais bien, maïs il m'est à moi-même impossible de l'énoncer [« So fer man mir nit glauben, wass aber geschechen, waiss ich wol, ist mit aber selbes auszuspröchen unmöglich. »]. »

Une lumière particulière nous est donnée par ce que son divin guide lui fait voir chez les ermites : il arrive à une grotte où un vieil homme se tient depuis soixante ans, et il apprend, en réponse à ses questions, que ce vieillard est nourri tous les jours par les anges de Dieu. Et il voit ensuite lui-même comment un ange apporte à manger au vieillard : « trois écuelles de nourriture, un pain et une quenelle et de la boisson [« Drei Schüsserl mit Speiss, ein Brot und ein Knöldl und Getrünk. »] ». Après que l'ermite s'est rassasié, l'ange rassemble les restes et les enlève. Nous comprenons quelles tentations ces pieuses visions peuvent offrir : elles doivent amener le malade à choisir un mode d'existence où les soucis de la nourriture lui seront épargnés. Dignes de remarque sont aussi les paroles du Christ, dans la dernière vision. Après cette menace que, s'il ne se soumet pas, arrivera quelque chose qui le forcera, lui et les gens, à croire, le peintre rapporte les propos du Christ : « Je ne dois pas nie préoccuper des gens ; même si J'en étais persécuté ou, si je n'en recevais aucune aide, Dieu ne m'abandonnerait pas [« Ich solle die Leith nit achten, obwollen ich von ihnen verfolgt wurdte, oder von ihnen keine hilfflaistung empfienge. Gott würde mich nit verlassen. »]. »

Chr. Haitzmann était assez artiste et mondain pour qu'il ne lui parût pas facile de renoncer à ce monde pervers. Mais il le fit cependant à la fin, à cause de son dénuement. Il entra dans un ordre religieux et ainsi sa lutte intérieure comme sa misère matérielle prirent fin. Cette terminaison se reflète dans sa névrose par ceci que le fait d'avoir recouvré un soi-disant premier pacte le débarrasse de ses crises et de ses visions.

Au fond, les deux phases de sa maladie démonologique avaient le même sens. Il ne cherchait jamais qu'à assurer son existence, la première fois avec l'aide du Diable, au prix de son salut, et lorsque le Diable lui eut fait défaut et qu'il dut renoncer à lui, avec l'aide de l'Église, en sacrifiant sa liberté et la plupart des possibilités de jouissances qu'offre la vie. Peut-être Chr. Haitzmann était-il simplement un pauvre diable qui n'avait pas de chance, peut-être était-il trop maladroit ou trop peu doué pour se soutenir lui-même, et appartenait-il à ce type d'hommes connus sous le nom d' « éternels nourrissons », lesquels ne peuvent s'arracher à l'heureuse situation où ils se trouvaient au sein maternel, et qui, leur vie durant, gardent la prétention d'être nourris par quelqu'un d'autre. Et c'est ainsi que, dans cette histoire de maladie, parti du père, il retourna, en passant par le Diable, substitut du père, aux Saints Pères.

A l'observation superficielle, cette névrose apparaît comme un tour de passe-passe qui recouvre tout un côté de la grave, mais banale lutte pour la vie. Tel n'est pas toujours le cas, mais ceci arrive pourtant assez souvent. Les analystes expérimentent souvent combien il est peu avantageux d'avoir à soigner un commerçant qui, « bien portant d'autre part, montre depuis quelque temps les symptômes d'une névrose ». La catastrophe dans les affaires dont le commerçant se sent menacé édifie, comme effet accessoire, cette névrose, ce qui procure au malade l'avantage de pouvoir dissimuler ses réelles préoccupations d'existence derrière ses symptômes. Solution, du reste, tout à fait inopportune, car la névrose absorbe des forces qui seraient plus utilement employées à faire face d'une manière réfléchie à la situation périlleuse.

Dans des cas infiniment plus nombreux, la névrose est plus isolée, plus indépendante des intérêts de la conservation et du maintien de l'existence.

Dans le conflit qui produit la névrose ce sont, soit des intérêts libidinaux qui seuls sont en jeu, soit des intérêts libidinaux en intime connexion avec ceux du maintien de l'existence. Mais dans les trois cas, le dynamisme de la névrose est le même. Une accumulation de libido qui ne peut trouver à se satisfaire dans la réalité se fraie, à l'aide de la régression, un chemin vers d'anciennes fixations à travers l'inconscient refoulé. Aussi longtemps que le moi tire un bénéfice de la maladie, il permet à la névrose d'exister, bien que le préjudice économique porté par celle-ci ne puisse faire l'objet d'aucun doute.

De même, la triste situation matérielle de notre peintre n'aurait pas provoqué de névrose démoniaque si sa misère n'avait pas engendré chez lui une nostalgie renforcée de son père. Mais une fois débarrassé de sa mélancolie et du Diable, un nouveau conflit s'éleva en lui entre le désir libidinal de jouir de la vie et ce sentiment que l'entretien de son existence exigeait impérieusement le renoncement et l'ascétisme. Le peintre, il est intéressant de le constater, a très bien senti les liens qui relient les deux phases de l'histoire de ses souffrances, car il rapporte l'une comme l'autre à des pactes qu'il aurait conclus avec le Diable. Par ailleurs il ne fait pas un départ bien net entre l'influence du mauvais Esprit et celle des Puissances divines ; il a pour toutes deux une seule désignation : apparitions du Diable.

FIN DE L'ARTICLE.